© 2005 Mercedes Franco (texto)
© 2005 Elisa Riera (ilustraciones)
© 2005 Thule Ediciones, S.L.

Edición: Maribel Espinoza y Arianna Squilloni
Diseño gráfico: José Miguel Rodrigo
Corrección: Aloe Azid

DuraBook™ es una marca registrada de Melcher Media, Inc.,
n.º de patente 6,773,034, 124 West 13th Street,
New York, NY 10011, www.melcher.com
El formato DuraBook™ utiliza una tecnología avanzada
que lo hace completamente impermeable y de larga duración.

ISBN: 84-96473-39-2

Impreso en China

www.thuleediciones.com

ANNIE BONNY

la pirata

A Melcher Media Durabook

EDICIONES

En su fría Irlanda, la pequeña pelirroja Annie Bonny oía contar sobre los piratas que azotaban las lejanas costas del Caribe. Su tío Sean estuvo a las órdenes del legendario pirata Long Ben Avery, y relataba sus hazañas.

Annie se iba a los acantilados de la costa irlandesa y oía a las olas decir su nombre: «¡Aaannieee!». Escuchaba con mucha atención el canto del mar, y hasta las gaviotas repetían:

Aaannieee

Un día, el tío Sean me encontró en los manglares de Florida y me llevó como regalo para Annie. Enseguida nos hicimos amigas. Yo era muy chiquita, y aún así sus hermanos gritaron al verme. Pero ella no se asustó. Dijo que una caimancita como yo era la mascota que siempre había deseado.

Annie creció y yo con ella. Me llevaba a
pasear por la orilla del mar, y yo también
escuchaba cómo la espuma entre las
piedras la llamaba. Un día cerca del puerto
conocimos a un simpático joven. Era el
pirata John Rackham, a quien apodaban
«Calicó Jack» por la tela de sus pantalones.
Se enamoraron inmediatamente y se
casaron. Jack la disfrazó de hombre para
poder llevarnos a bordo.

Desde que llegué causé sensación,
todos los marineros querían mimarme
y darme de comer.

Annie se convirtió en Joe, el mejor hombre de «Calicó Jack», y con él capturó muchos barcos.

Manejaba la espada y el mosquete con gran habilidad y tenía una excelente puntería. Fue ella quien estableció la costumbre de esparcir arena en la cubierta cuando se acercaba un barco enemigo, para no resbalar durante el combate. (Echar arena en el suelo era usual en los bailes de la aldea de Annie.)

Una noche, mientras jugaban a los dados en una ruidosa taberna de Port-Royal, la más alegre ciudad de Jamaica, un marinero francés se creyó estafado. Retó a Joe, es decir, a Annie. Jack temió por la vida de su amada. Si tomaba su lugar o la defendía, revelaría que era una mujer. Sus hombres podían amotinarse ante tal trasgresión

del código pirata. Y si la dejaba combatir, sería sin
duda derrotada.

Me despertó el gran alboroto que se armó para
decidir si el duelo sería a pistolas o espadas y salí de
debajo de la mesa para pedirles con la mayor
gentileza que no hicieran tanto ruido.

Pero apenas aparecí y abrí mi delicada boca, el marinero huyó con un alarido. Jack y todos los piratas rompieron a carcajadas.

—¡Es Molly!

Ellos ya sabían que yo no mordía ni comía gente. ¡Qué asco!

En Port-Royal mi dueña conoció a Mary Read, otra mujer pirata vestida de hombre, que se fue de aventuras con ellos. Jack construyó una casa a orillas del río. Allí vivía yo feliz, y los esperaba cuando se iban a asaltar galeones.

Un día supe que habían sido capturados. Lloré mucho, y aunque digan que mis lágrimas siempre son falsas, en esta ocasión eran más que sinceras.

Pasó un año. Ya estaba resignada a no ver más a mi querida Annie. Contaban que la habían ahorcado, junto con Jack y Mary. Me sentía tan deprimida que ni oía los galanteos de los jóvenes caimanes, con sus grandes sonrisas seductoras. Ni siquiera prestaba atención a los piropos de Frami, el caimán más apuesto del río.

Un día oí una voz muy
conocida que gritaba por la orilla:

¡Molly! ¡Molly!

Salí del agua corriendo,
emocionada.

Era Annie. Me abrazó y lloró conmigo. Su larga cabellera roja ahora no ondeaba libre. Estaba tejida en una dócil trenza. La acompañaba un niño pelirrojo como ella, también muy cariñoso. Annie decidió que debíamos irnos a su casa, en Irlanda. Pero yo, sabiéndola con vida, estaba ya más alegre. También quería tener mis hijos, y en los ríos de Irlanda no hay caimanes, menos aún tan simpáticos como Frami.

Desde mi hogar en el río oigo a veces a los piratas contar las aventuras de Annie. Algunos que la han visitado dicen que se pasea por la orilla del mar de Irlanda, y que en las noches de luna, las olas aún repiten su nombre: «¡Aaannie!».

ANNIE BONNY comenzó sus aventuras en el mar en 1718. Fue mi mejor amiga
y una valiente pirata, y nadie excepto su marido sabía que era mujer.
En 1720 fue apresada junto con John Rackham y Mary Read. Se libró de la horca
por estar embarazada y poco tiempo después la liberaron y desapareció con su hijo.
Muchos creen que volvió a su Irlanda natal.